솔동산에 가 봤습니까

황금알 시인선 248

솔동산에 가 봤습니까

초판발행일 | 2022년 6월 27일

지은이 | 고성진
펴낸곳 | 도서출판 황금알
펴낸이 | 金永馥
주간 | 김영탁
편집실장 | 조경숙
표지디자인 | 칼라박스
주소 | 03088 서울시 종로구 이화장2길 29-3, 104호(동숭동)
전화 | 02)2275-9171
팩스 | 02)2275-9172
이메일 | tibet21@hanmail.net
홈페이지 | http://goldegg21.com
출판등록 | 2003년 03월 26일(제300-2003-230호)

솔동산에 가 봤습니까

고성진 첫 번째 시집

황금알

이 시집에 수록된 그림은 고성진 님이 남기신 스케치북에서 옮겨온 것입니다.

가시꽃 (自作名)
꽃名 不明 11. 2o
성진

가시를
많이 그리지
말것

7. 26

윤봉택(서귀포예총회장)

참 귀한 자료입니다.

1940년대부터 1950년대에 이르기까지 서귀포를 노래한 시나 그림은 거의 찾아볼 수가 없습니다. 고성진 선생은 일제강점기부터 6 · 25를 전후한 격동의 시기, 서귀포의 역사나 풍경 등을 주옥같은 서정시로 잘 그려냈습니다. 특히 고성진 선생은 화가로는 주변에 널리 알려졌지만, 2,000여 편을 넘는 시를 썼다는 것을 아는 이는 가까운 사람 몇 외에는 없습니다. 그의 시는 편편마다 서귀포의 아픔과 서정이 출렁입니다. 마치 잃어버린 서귀포예술의 퍼즐을 맞추는 자료를 찾아낸 듯한 느낌입니다. 고성진 선생은 서귀포예술의 선구자라고 해도 과언이 아닙니다.

이번 서귀포예총에서 『솔동산에 가 봤습니까』란 시집을 펴내는 취지도 여기에 있습니다. 이 시집이 서귀포의 근현대 예술의 맥을 잇는 소중한 자산이 되기를 바랍니다.

차 례

빛깔

겨울은 하얀 색깔
가을은 오렌지 색깔
여름은 초록 빛깔
봄은 분홍 빛깔
그대 인간은 무슨 색깔
회색 빛깔
울음바다 물들여진
회색 빛깔
전란에 얼룩진
피 빛깔

망각

망각이란
어느 대해
마녀의 미소처럼
그 넓음과 깊음을 알배 없어라
절세 미녀와 같은
달콤한 찬사 노래처럼
우리를 껴안고 새로움과
위로와 사랑과 희망을 준다.

백합꽃

하늘 닿을 것 같은
높다란 절벽 위에
들백합 한 송이
꽃 피어 자라
말쑥한 천사와도 같이
파란 하늘에
구름은 흰 흰
흘러가고
여전히 태양은 빛나
인생도 흘러간다.

들가* 1

지나가는 소 말이
잠깐 입을 적시고 가는
돌판 위 고인 물
그 위를 흰 구름 그림자
떠 흘러가고······
가다 오다 이름 모르는 새
들가에 와 울다
옆에는 풀잎 들꽃
살살 흔들리고······

* 고성진 시 쓰고 강대화 님이 그림을 그림. 서귀포 '피서지' 다방 시화전시
  에서 호평을 받은 이 시화는 강정병원의 여의사께 드렸다.

달이 운다

달이 운다
잃어버린 그 무엇
아무도 모르는 것
달이 운다
소리 없이
눈물도 없이.

이별

우리 서로 이별할 때는
웃으면서 갈리자
서로 껴안지랑 말고
울음이 터질지도 모르니까
손목이나 잡고
빙그러이 웃으면서……
그래도 슬픔이 북받쳐 오르거든
미친 이같이 막 울기로 하지.

밭

내 밭에 묻어 달라
울던 할머니
제 밭에 묻었으니
이젠 안 울어.

칠색 무지개 풍선

천막 위에 별빛이 찬란
막 속엔 웃음이 한 장판
언제나 서커스란
곡예하는 젊은 아가씨를 껴안고
고무풍선처럼
구름과 같이
인간 사는 고장 찾아 불려가는
칠색 무늬 무지개.

회색풍경

회색 하늘 아래
해변 바다
해변가에 무덤 하나
회색 여인이
포 쓰고 노래 부르다
파도는 울고……

코스모스* 1

코스모스
어디서 불려온 꽃이기에
또다시 불려가느뇨
인연의 씨 바람에 불려
이곳에 군락 지어……
아, 한 세상
여기서 살아보는 거야.

* 모슬포에서.

들벚꽃

그 옛날
몇몇 수줍은 무명베 입은
가시나들이 살던……
어느 산골짜기에 피어난 꽃이다

저녁이면 박쥐가 날고
깊은 밤엔 뻐꾸기 울음
낮이면 꿩 우는 소리

늦은 봄
시냇가에 가 보면
눈부시게 떨어져 흘러가 버리는 꽃
그때는 마을 가시나들도 살길을 찾아
딴 곳으로 떠나가 버리는 마을에서
피고 지는 꽃이다.

강가에서 아카시아

강가에 아카시아
어찌어찌 자랐나

아가씨 빨래 소리
들으면서 자랐네

꿩꿩 도련님
무얼 먹고 자랐나

들가에 새비 열매*
붉게 먹고 자랐네.

---

* 새비 열매: 들장미 열매.

반도 브레이크

자전거 반도* 브레이크
그 소리 귀를 막아도
날카로운 칼끝으로
알몸을 쑤시는 것 같은 기분이다

나치스 고문대에
누워 죽어간 소녀의
마지막 부르짖는 소리와 같고
옛날 어느 성 구석
기요틴*의 저주받은
처형의 음침한 소리와 같다

20세기에 나타난
빨간 모자 쓴
한 젊은 광녀의
깔깔대는 소리와도 같다.

* 반도: 밴드.
* 기요틴: 단두대.

26

숲

아득한 밤 숲
엄마 찾다 헤져버린
어린이 무덤가엔
달맞이꽃 울고 운다

눈 없는 새들이 속살거리고
비명에 죽어간 넋들이
부여안고 울다 지치면
부엉이들이 대신 우는 곳

숲에는 아무도 모르는
비밀이 잔잔히 고인다.

헌시
— 이름 모를 소녀의 죽음을 애도하며*

소나무 가지에 바람도 목메어 울었으리
어스름 달도 구름에 가리여
흐느껴 울었으리
나르시스도 다이애나도 제우스 신도
너의 죽음을 못 막았더냐

브루투스도 이 모양을 보고
눈물 한두 알 떨치고
지옥문을 지나가고
불모지 이 땅에 자라나
그림자도 없이 사라져 가느냐
너무나도 무정 비참 원통
배신 야유 부덕 이기
모순 우상 간계 가상의
이 세상에서
눈방울 한들한들 그 안타까운 얼굴
그리도 살아보려는 넋이……

저세상 어느 하늘 끝

누구나 잘살 수 있는 고장
꽃이 피고 새가 울고
언제나 봄볕 비추는 동산
안 먹어도 사는 나라
일 않고 사는 나라
차별 없이 계급 없이
돈 없어도 사는 나라
그런 나라가 있다면
오직 그런 곳이 있다면
꽃수레 타고 앞머리 날리면서
너가 가는 곳이겠다.
아, 가느다란 하얀 가냘픈 몸
천년 울어도 너의 원한 안 풀리리.

이 세상엔 살 수 없는 이 어린 것을
가만가만 입김 불어 품에 안겨
데려가세 하늘나라 꽃밭으로.

* 중국 5.4전시에(3.1운동에 영향을 받은) 육지 어느 시골에서 중학교 진학
  도 못 한 한 소녀가 소나무에 목을 맸다.

고별
— 장근원 선생님의 장사에

건너지 못할
깊은 물 속에
잠겨버린 보석처럼
님은 아주 가버려라

이 세상 아까운 것
고이 다 두고
제 님 스스로
그림자도 없이 가버려라
고운 마음새
마지막 안고.

종말

소나무 바람 소리만
동산 위에
봉분 하나 만들어지다
꽃상여 지전
다 불살라 버리고
이젠 그다지
우는 사람도 없다
모든 것은
끝난 것이다.

달밤

모래알마다 스며드는
달빛
다 보석처럼 빛나라
파란 물결이 언제나
스쳐 가며
갈매기는 알을 낳아
병아리 되어 날아가고
눈물 고여
엄마의 가슴같이
그리운 달빛을
바라다본다.

오룩*

들가에 무덤 하나 오룩
들가에 소나무 하나 오룩
들가에 까마귀 하나 오룩
들가에 나 하나 오룩
너도나도 오룩
이 세상 모든 것 오룩.

* 오룩: 홀로(孤).

살풍경

이 산악에서 살다 지쳐
나목이 된 숲
죽음이 낙인찍혀져
눈보라 쌓인 산마루에
하늘만 우러르다 보는 모습
마지막 살아보려는 사형수의
울부짖음……

남과 남 사이에 부닥치는
바람 소리만
가지에 걸린
빨간 열매가 쌓인 눈에 부셔
어느 광녀의 목걸이 같다

어데 우는 새도 하나 없다.
귀신도 살지 않을 곳 같다.

81. 2. 26
고성진

밤새

밤새의 울음소리를 들어 봤어
어쩌면 비 오는 밤에도
캄캄한 앞길을
비 맞으며 날아야 하는
철새들
쉴 곳도 없고
쉴 새도 없는 목숨
이곳은 살 수 없어
한시바삐 수만 리 쉴 새 없이
떠나야 하는 신세
의지할 곳 없어 하늘에 떠서
행여나 달뜬 밤이 있으면 하지만
기다릴 새 없이 날고 있어야만 하는
잠 안 오는 밤
님이여
밤새 울음소리 들어봤어요?
내 가슴에도 그 울음소리가

밤새 울어 날 새더냐

달빛 져서 날 새더냐
꽃잎 져서 날 새더냐
색시 품에 날 새더냐
봄비 내려 날 새더냐.

복숭아꽃 1

뒤따라 가도 가도
손 치며 사라져 가는 님……
연분홍색 한들거리며
따라오지 마
막 가버리는 거야

보인다!
아니 무엇이
저녁 노을에 비친
구름 한 아름

이 세상 모든 것
꿈꿈이 아니냐.

봄

뽀얀 하늘 아래
양옥 지붕 밑
빨랫줄에
진분홍빛 삼각 빤쓰가 날린다
따스한 바람이 살살……
정말 세상 살맛이 나는 봄이다.

해변가 바위

바다를 떠나지 못하는 인연
죽어도 넋은
바다를 향하여 통곡하는가
바위……
넋들은 화석 되어 먼 바닷물만
멀쩡히 뻔히 바라다만 보고
안타까운 파도여
내 위에 덮어라 부셔라
그래서 내 몸 흠뻑 적셔다오
눈보라가 나려도 폭풍이 부닥쳐도
나는 울지 않으련다.

꽃

꽃가지 얼싸안고
노래 불러요
꽃다발 머리 얹어
춤을 추세요
꽃 이파리 입에 물고
입 맞추어요
꽃이불 둘러쓰고
잠을 자요.

냇가에 철쭉꽃

이승을 그리다 그리다
지쳐버린 넋이
시내 바위 숲가에
물들여진 환상……
지는 해 바라보며
너무나 서글퍼서
안타까워서
가슴은 자주 진분홍빛
불타오르고
눈물은 한없이 고여
시냇물에 빗방울처럼 떨어져
산비둘기 울어
철쭉꽃 피어 오면
산들엔 봄이 한창
옥이야 너도 젖가슴
부풀 나이가 되었구나
우리 손 잡고 꽃놀이 가자.

철쭉꽃 1

새악시 혼이 되어 철쭉꽃 피었다네
목매어 죽은 처녀 피 분홍 새빨강
이 산 저 산 들가로 철쭉 철쭉
바위 숲 시내 따라 철쭉 철쭉
가다가 우뚝 서서
눈물 씻며 철쭉 철쭉
저세상 다 버리고
이제란 여기 살지 철쭉 철쭉
여보세요 날 좀 봐요
분홍치마 날리네요 철쭉 철쭉
울지 말고 빙그레 웃어줘요
철쭉 철쭉
아, 언제나 나는 봄이 좋아 살아온
철쭉 철쭉.

철쭉꽃 2

이 세상 아닌 너무나 아름다운
그 누구의 떠나간 넋의
화신인 양
푸른 숲 바위가에
시냇물 우러러보며 핀 모습이란
거울에 비친 단장하는
검은 나부裸婦 같구나.

꿩꿩 어데서 울지

꿩꿩 어데서 우니
엄마 찾던 어린애 무덤가에
넋 달래며 울지
뿌억 뿌억
부엉이 어데서 우니
늙신이 무덤가에 옛 노래 틈 내여서
같이 울어 준다네

"회호호 획" 꾀꼬리 어데서 울지
철쭉꽃 안고 죽은
숲속 새악시 무덤가에
밤낮 울고 샌다네.

협죽도 1

노을에 협죽도가
새밝게 부신다
아, 빛의 신비여
만상의 교향악이여
페르샤만 지중해변에서
피어 오기 시작한 꽃이여.

피꽃

황혼빛이 덮쳐온다
인두 구름이 쏟아진다
칼 맞은 핏발이 뚝뚝
핏물이 샘솟는다
협죽도가 아우성친다
꽃은 좋아서 흔든다.

나팔꽃

명부 땅에 떨어진 천사처럼
기어오르다 떨어지고
떨어지면 다시 기어오르고
무엇이든 잡히는 대로
부둥켜 잡고 오르려 한다
가느다란 실마리 같은 희망인
가냘픈 꽃이 피어보건만
해 뜨는 아침엔 사라져 버린다.

꿈

꿈 꿈 꿈
이 세상 꿈꿈꿈

이 미친놈아
무어라고 중얼거려

아니 아니 아니
아무것도 아니 아니

살아 살아 살아
죽어 죽어 죽어.

농부

입은 옷도 갈색
고구마도 갈색
흙도 갈색
얼굴도 갈색
내 손도 갈색
돌멩이도 갈색

얄밉게 물들여진
하늘빛만 청색.

돌

돌덩어리는 운다
돌멩이는 구르고 싶어도
누구 하나 건드리지 않아
움직일 수 없어
길가에 웅크리고 있다.

피아노

젊은 여자의 멋스러운 열 손가락
은반을 애무하며 춤추며 물결친다
피아노는 너무 좋아 교성을 낸다
동굴 속에 떨어지는 물방울 소리
꿈 속에 속삭이는 요마妖魔 소리
임종에 흐느끼는 신음 소리
달밤 바닷가에 물새 걷는 발자국 소리
바람에 불리는 꽃잎 소리
태풍에 파도치는 소리

바닷물결에 무지개가

바닷물결에 무지개가 섰습니다
바닷속에 떨어졌던
하늘에서 버림받은 천녀가
울면서 다시 올라갑니다
소낙비가 내립니다
무지개다리가 사라져 갑니다.

들가 2

쓸모없는
거친 땅에
억새랑 들꽃만이 불린다

쌀쌀히 푸른 하늘가에
흰 구름은 멈추고
우는 새 한 마리도 없다
비석 없는 무덤 한두 개
뽀얀 햇빛이 비친다.

노을에 젖어

튤립 꽃밭 같은 노을이
먹장 속에 사라져가니

바다 끝에 떴던
꽃구름도
한 조각 작은 돛배도
꿈처럼 사라져 간다

살 곳 없어 헤매던
물새 한 마리도
울며 사라져가는
저녁 바닷가……

풍과자

풍과자 펑과자
쌀 한 숟갈 넣으면
펑과자가 펑펑 나온다

십 원짜리 동전 하나면
펑과자 커다란 것 두 개다
바람에 날리고
물 위엔 잘 뜨겠다

값싸고 부피 크고
먹으면 먹을수록 더 먹고 싶은
바람처럼 간데온데없이
사라지는 연노란 쟁반 같은 과자

골목길 자그만 방에서
자그만 아저씨가
오늘도 펑펑펑 빙글빙글
펑과자를 만든다.

코스모스 2

코스모스가 길가에 울고 있네
실성한 소녀가 길 가다 쓰러진 넋
꽃이 되어……
모든 것 숙명이기에
아무런 미련 없이
언제나 가을이 되면
한구석 길가에
피다 지는 꿈 같은 꽃.

검은 여, 갑곶
— 흑갑黑岬, 흑기黑磯

흙빛 검스런 '여'가 사라져 갑니다
아침해 저녁노을 곱게 빛 받던
자연이 만들어낸 조각 군상 같던 여
물새들이 모여 앉아 울며 반기든 여
잔잔 물결 신난 파도에 얹어져
곱게 스쳐 넘기든 여
잔고기랑 해초랑 조개랑 게랑
감돌고 놀던 포근한 수많은 구멍에
싸늘한 빙산 같은 기다란 네모꼴 콘크리트 덩이로
변해 버린답니다
영영 죽어버린 화석이 되어 갑니다

아, 그 아름다운 여 모습
간데온데없이 사라져 갑니다.

코스모스 3

시냇물 흘러가듯
꽃들도 흘러간다
바람이 불면 불수록
신나게 흔들리네
아스팔트 길가를
미끄러져 간다
푸른 하늘엔
흰 구름도 흘러간다.

코스모스 4

울다가도 웃는 꽃
코스모스는 언제나 몸을 부빈다

바람 소리 맞추어
고고춤
슬픔도 가라
한숨도 가……

차라리 살 바엔
빙글빙글 웃고 살아요

코스모스는 후회도 없다
욕심도 미련도 후회도 없다
코스모스는 눈물 없는 여자 같다.

단풍 1

칼 맞아 죽은 여자의 넋이냐
피 토하다 죽어간 넋이냐

원한이 있거든 말해 봐라
피보다도 새빨간 모습이여

죽어도 변치 않는
핏빛 입술

욕망에 물들여진 아픔
울다 뻗친 빨개진 눈동자

노을과 달빛 속에 같이 살고
눈 덮이면 제 홀로 꿈을 꾸고
젊고도 어여뻤던 넋이여……

단풍 2

낙엽이 되기 전
나목이 되기 전

더욱 물들여져라
꿈 같은 고운 빛깔

살 때만 볼 수 있는
환희의 빛깔
돈 주고도 못 살 빛깔

물새

울창한 숲 바위가 내려다 비친
잔잔한 시내물가

노란 들국화 포기
여기저기 그림자

물들여진 곳
살살 흐르는
잔물결 위를

자그만 물새 두 마리
암놈 수놈 의좋게 붙어
날아다닌다

사람보다 더 멋진 사랑
먹을 것 입을 것
집 살 것 걱정 없이
신의 은총 받은 새끼들이여.

해와 눈
— 白雪

해는 녹이려 하고
눈은 녹지 말려고 하고

빨간 태양
하얀 눈송이

햇빛에 저 눈은
눈물 흘리며
하염없이 녹아갑니다.

유언
― 해녀의 노래 중에서

날랑 죽언 공동묘 가지 마랑
시양 시양 바당물에
던져 불라
가슴 답답
난 화난 사람
물결에 불려돌당
궤기밥 되어도 좋다
흙땅 속에 깜깜시리
난 못살아
느네들 잘 들엄시냐.

울어라

아주 원통 슬프건
머리 풀고 머리 치며 울어라
그래 더 울고 싶건
손뼉 마주치며 울어라
더 울고 싶건
발버둥 치며 울어라
더 울고 싶건
몸뚱아리 부러질 듯 흔들며 울어라
더 울다가 부족하건
갈라지든 엎드리든
미친놈 헤엄치듯
사방 깨어지게 울어라
그래도 더 울고 싶건
차라리 죽어버려라.

큰 무덤 오름악[丘]

거인의 무덤 위엔
아무것도 없다
풀잎새도 무서워
자라지 않는다
커다란 해골
손발 뼈다귀 쭉 뻗고
아직도 죽지 않은
커다란 눈동자 둘
멍이 터
빛깔을 찾아봐도
어둠 캄캄
어데선지 까마귀떼 날라와
깍깍 운다.

천지연

원시림에 둘러진 바위
쉴새 없이 떨어져 덮치는 폭포
기나긴 물줄기 따라
바다로 흘러가 구름이 되면
하늘로 산 계곡으로
다시 돌아오는 윤회를 말하듯
그 옛날 들새들이
가랑비 맞으며 슬피 울던 물가
여기가 마지막 손 흔들며
이승을 결별하여
저승으로 가던 문턱이던가
수만이 몰려오는
그 넋들 간데온데없고
연못은 푸르고 깊기만 하여라.

서울에는

서울엔 고향이 없다
낯설은 이방인들이 모여 산다
너도나도 다 모르는 사람
한 세상 같이 살다 갈 사람들인데
너나없이 다 모른 채
너무나 살려니 바빠 바빠
발이 땅에 붙을 새가 없다
못 사는 사람 어찌나 많은지……

새들이 죽으면

새들이
살다가 죽는 것을 보았나?
이상하지 어디 가서 죽는고
죽은 꼴 본 바 없어
어디 하늘 옥황으로
날아가 버렸을까
정령이 몸속으로 사라졌을까
깊고 깊은 물속으로 들어갔을까
땅속으로 들어가
다시 꽃으로 환생하였는가
아니 꽃구름 속에 파묻혀
떠도는 것일까.

철새는 먼바다

철새는 먼바다에서
울며 가고
파도가 칠 적마다
이루지 못한 그리움
연약한 겨울 햇빛
노을에 사라지면
밤새도록 흐느끼는 넋
물과 뭍 사이 헤매 도는가.

들국화 1

하얀 눈 속에
노란 꽃빛
함박눈 나리는 날씨
떨면서 피어난 꽃
피지 못한 봉오리는
오므라지고
이파리는 시들어지고
어쩌면 하고 많은 날에
엄동설한 모진 들가에
외롭게 피었단 말까……

6.70

수선화 1

수선화는
눈 위에 떨며
피어 있었다
차가운 눈아
나 불쌍치 않니
아니 눈 속에 피어나니
귀하고 곱지 않나
느닷없이 꽃 피는 계절이면
누가 귀엽게
찬미하겠니……

나목 1

나목은 서럽지 않아
솜 같은 포근한 눈이 덮어줘
산마루엔 보랏빛 구름
내 곁엔 졸졸 내리는
자그만 여울
가끔 빨간 열매 따 먹으러 오는
감스런 새 있고
틈틈이 내리비치는
햇빛 속에 봄 기다리며 살아.

포장마차

거리 한구석
바람에 날리는 포장마차
소주 한 잔 들고
꿈을 꾸는 곳
어느 부자 영웅도
부럽지 않은 곳
여자가 없어도 좋다
내 멋에 사는 곳
포장마차는 희비가
엇갈리는 곳

포장마차 속엔
허영이 없다
큰돈 안 들이고
푹 쉴 수 있는 곳
가끔 정다운 고향음식
맛보며 그리움에 잠기는 곳
어떤 때는 한없이
울음이 터질 것 같은 곳

포장마차에선
시계가 필요 없다.

나목* 2

구름은 먼 곳으로 가버리고
이파리 하나 없는
헐벗은 나무 즐비한 숲
눈도 다 녹아
겨울엔 물도 안 흘러
잿빛 가득 찬 산마루에
적막이 감돌고
처량한 바람만 머뭇거리는
거친 땅
새들마저 어데로 가
보이지 않아
봄이여 4월이여
어서 빨리 와
나뭇가지에 파란 이파리
돋게 하고
꽃동막 달리게 해줘
그래 빙그레 솔바람
불어오세
이 세상 슬픈 삶

웃음으로 바꾸게.

* 5.16 도로변에서.

벌거벗은 나무

나목이 좋아
벌거숭이 나무가 좋아
나는 나목 보러 숲으로 가네
벗을 바엔 홀가분히
벗어 버리는
아무런 치장도 없이
모진 눈보라 서리 맞으며
봄을 기다리는
가느다란 숨 죽어 있는
앙상한 가지
나목이 나는 좋아라.

벚꽃 1

까마스런 이 얼굴
꽃 속에 파묻혀 볼까
나도 꽃이 되고 싶어
꽃 속에 꽃 꽃 위에 꽃
꽃 아래 꽃 꽃 옆에 꽃
파문처럼 벌어지는
꽃다발
꽃송이 송이 꽃구름
꽃잎에 쌓여
하늘도 안 보인다
바람도 불기를 꺼려
주춤 가만히
붙어 있구나
꽃구름에 쌓여
보노라면 세상만사
걱정 슬픔 다 잊어
아, 천국이란
이런 곳인가.

안갯속 1

소복이 깔린 안개 속엔
무엇이 있지
항상 설레이는 바다가 있지
물결 속엔 아득히 들리는
울부짖는 소리 바람소리
뭍을 애타게 그리다
목메어 울며 죽어간 넋들
간데온데없고
해초에 감겨진 하얀 해골만이
잠을 잔대요.

백일홍꽃 1

분홍빛
너무나 청초하여
너무나 고와서
너무나 가련해서
꺾고 싶어도
못 꺾겠네

어느 가엾은
예쁘장한 소녀
눈물 고인 얼굴
그 옛날
그 모습
어찌 잊으리.

수선화 2

언젠가 보았던 얼굴처럼
예쁘장한 모습
아스팔트 길 한길
눈 쌓인 담 밑에
소복이 핀 꽃송이

서갈풍 눈보라 대한 추위
어데를 봐도 꽃이란
자취도 없어
눈 속에 피는 꽃은
너 뿐인가 봐
눈이 좋아
겨울이 좋아
하얀빛 여 노란빛
가냘픈 줄기에 실려
부스 떨면서도
빙그레 피는 꽃이여
선녀의 품에 안겨
잠자는 꽃이여.

그렇게도 살려고

그렇게도 살려고
발버둥 치고 아우성치며
허우적거리던
수많은 넋들
그 누가 기억하리
무덤만 남아
들꽃만 붉으리……

나목 3

누구라도
내 몸 잘라
불 질러 태워주었으면
눈 속에 활활 타며
내 마음 하늘 높이
연기 뿌리며 올라갈 것을
해골 같은 내 모습
언제까지나
울고 있으란 말인가.

복숭아꽃 2

숫처녀들
죽은 무덤에만
복숭아꽃
연분홍빛
담뿍 심어라
죽어도 늙지 말게
많이 많이 심어라
꽃은 늙지 않고 떨어질 뿐……

비닐하우스

섬이 비닐로 다 덮여도 좋다
경치니 뽄*이니 다 필요 없어
바나나 파인애플 멜론……

주렁주렁 무엇이든
돈만 되면 말이야
돈 돈 돈이 최고이고
돈만 있으면 못할 것 없다
그래도 하늘님
태풍만은 못 오게
막아 주소서.

* 뽄: 모양.

문주란 1

용 몸뚱이 같은 넓단 이파리
허우적거리며
불꽃 같은 꽃다발
향기 풍긴다
한겨울 녹아 시들었다
불사조의 나래처럼
꿈틀거리는 이파리 문주란이여.

사슴나리꽃

나리 나리 산나리
바위 위아래에 피었네
강아지 고치처럼
동글동글 피었네
꽃사슴 얼굴처럼
발긋 붉긋 피었네
어린애 입술처럼
불그스레 피었네.

7.27

달이 비치네

잠든 고아 얼굴에
달이 비치네
얻어맞은 얼굴에
달이 비치네
울부짖은 얼굴에
달이 비치네
헤매 돌던 이방인에
달이 비치네
물가에 죽고 싶어
머리 푼 여자 얼굴에
공동묘 들꽃 위에 달이 비치네
죽은 여인 얼굴에
달이 비치네.

범섬

칼날로 깎아내린 듯
새마저 붙기 힘든
절벽과 파도가 감싼 섬이여
엎으려져 죽어가면서도
바다 끝 향해
포효하는 커다란
범 같은 섬
계곡같이 깊게 파들어 간
옆 궤 속 어둠으로 물결치는 섬이여.

백목련꽃

깊은 안개 속
보일 듯 말 듯
피어난 목련꽃
깊은 물 속
가라앉아 잠든 미녀
가냘픈 슬픔을 간직하고
제 나름 영구히
꿈을 꾸는가.

극락천국

파란 구름
하얀 구름
연분홍 꽃밭
내 몸을 감싼다
여기서 살고 싶어
죽고 싶어
여기가 극락이야
여기가 천국이야
다른 곳 어데란 말가.

협죽도 2

독부의 입술인가
피처럼 붉게 붉게
뭉그러지며 피다 늘어진
꽃잎 덩어리여
모든 것이 타버릴 것 같은
바람 한 점 없는 오뉴월 불볕더위
구름도 지쳐버려
하늘가에 늘어진 한낮이여.

너는 잊었니

너는 잊었니
달 밝은 깊은 밤
바닷가 바위
소나무 아래
단둘이 껴안고
죽은 듯이
죽을 듯이
사랑의 도취에
빠져버린
그날 그때를
너는 생각나니
달빛 물결치던
바닷가를.

달빛 1

저 달빛처럼 곱게 살아
달빛은
우리 마음
우리 영혼
달 속에 너가 있고
내가 있어
달빛은 우리 사랑
우리 살다 죽으면
달나라 가서 살지.

초롱꽃

옛날 촛불 없어
신랑 못 얻어 울부짖던
어린 처녀 얼굴 같은
꽃송이여
불그스레 꽃송이마다
눈물같이 이슬 맺혀
어느 님 잘살고
나는 못 살아······
떨어지는 꽃처럼
애슬픈 삶이여.

들 풍경

저녁 하늘 기울어진 연한 햇빛에
노란 들국화에 비친 들판
얼룩 젖소들이 풀을 뜯는다
으악새 백발처럼 휘날리고
소 말들은 먹을 풀밭만 있으면
천국이란다
근심 걱정 가라구
초원 한가운데 언제 봐도
그 자리에 우뚝 서
바람 속에 슬프듯 휘파람
새어 나온다.

소남머리

소나무 죽어가는
소남머리에
사람 잃은 처녀가
시원한 바닷물 바라보며
목매어 죽어간
늘어진 가지에
작으만 새 한 마리 운다
흙 한 줌 없는
바위틈에 외롭게 자란
소나무 이파리엔
처량한 바람소리
아무도 듣는 사람 없다
세상만사 허무란다
허무란다.

시앙시앙

바위 소낭 시앙시앙
바닷물결 시앙시앙
바람도 시앙시앙
내 백발도 시앙시앙
갯모래도 시앙시앙
이 세상 다 시앙시앙

님아 가지 마오

님아 제발 하늘나라나
극락으로 가지 말아요
우리 사는 세상 지금 바라보세요,
생각해봐요
이 땅 두고 어델 간단 말이오
사시절 꽃 피고 새 울고
산 바다 파란 하늘 구름 별 달
무지개 숲 샘 수많은 생물
보석 책 문화 예술 누드
삼라만상 모든 것들
여기보다 아름답고 살기 좋은
정답고 멋진 세상이 어데 있단 말이오
님만 가고 싶으면 가라구요
나만은 안 떠나요
이 예쁘장한 지구 땅에서
천년만년 살고 싶어요!

새섬

새섬
하늘에서 바라보면
커다란 가오리 같은 섬
새가 많이 살아
새섬인가
밋 봉오리
새가 많이 자라서
새섬인가
서로 마주 보며
대화라도
할 수 있는 섬
새들이 날아가 잠자는 섬
비바람 파도가
날려와 덮이는 섬
빨간 열매 달린
볼래 남 가지
연초록 사철나무 잎
무륵무륵
언제나 부르고 싶은 섬

언제가 건너가고 싶은
섬이여
사랑스런 섬이여
어쩌면 뭍에 안 붙고
떨어져 간
슬픈 섬이 되었을까.

바다

파도는 눈물처럼
내 가슴을 적신다
한 많은 역사를 지니고
수만 년 살아갈 바다여
그 아무도 모를
이 세상 앞날 운명
쉴 새 없이 흔들리는 물결 위에
떠 있는 지구마을
구름이 흘러가고
밤하늘 별이 비춰도
항상 바다는
설레며 운다
너무 푸르고 깊어서는 아닌데

달 달

하얀 솜구름 속
보석처럼
불려가는 달
천만고 처녀 땅
더럽힌 침입
인간의 발자국에
님은 분노하였지
난 비탄하였네
주저하고 있지
달은 언제나
희맑기를
좋아한다네.

눈물*

네 눈망울엔

맑은 물이 담뿍

자그만 슬픔에도

샘처럼 살살 내리는 눈물에

네 눈동자는

언제나 맑은 호수

빛나는 보석

* 살았을 적에 조그만 일에도 잘 울었던 나의 안해 태신 모니카에게 드리는
  시.

리라꽃 1

꽃가지 이파리랑
불릴 대로 불려가네
꽃잎도 불려가네
향 내음도 불려가네
고음도 불려가네
세상도 불려가네.

벚꽃 2

피자 피자
가지 부러지게
막 피자
가지도 이파리도
안 보여도 좋아
꽃물결
꽃무지개
꽃구름
꽃덩어리

달빛 2

아무리 무지개 곱다 해도
달빛처럼 고으랴
하늘가 별빛에
뿌려지는 달빛
눈 나린 산정에
철쭉꽃 산 위에
바다 물결에 내리는
달빛
공동묘 무덤 위에
내리는 달빛
시내물가 달빛
높다란 소나무 바위 위에
내리는 달빛
머나먼 외로운 섬에
내리는 달빛
마지막 숨 거두는
소녀의 얼굴에 비치는
달빛이여
너무나 처량하여 눈물 고여라.

억새꽃 1

짓밟히다시피 들에랑 길가에랑
버려진 꽃이여
꽃빛도 향기도 지워진
꽃 아닌 꽃이여
늙은 할머니 머리 빗으며
거울 앞에 울던 꽃이여
아루지 못한 솜 같은 포근한 정
희망도 미련도 바람에 다 날려버린
사라진 꽃이여
저승 가는 길목에 뿌려져
영영 잊어버린 꽃이여.

벌집 같은

수많은 아파트
벌집 같은 어느 구석 틈바귀에
너는 사느냐
얼굴도 볼 수 없는 너
자그만 집이라도 좋으니
어서 뛰어나와
시원히 살아봐라
산마루 들가
외딴 섬가라도 좋아.

나목과 무덤

눈 쌓인 나목 아래
무덤이 하나
무덤에서 나목에게
"너 홀 벗어 춥겠다
나목은 넌 흙 덮고 춥지 않겠네"
"아니야 난 아무것도
볼 수 없어 캄캄
넌 하늘이나 모든 것
볼 수 있지만
나는 언제나
눈물 고여 산다네".

노송 소남머리

천장만장
벼랑 위에
노송 한 그루
비바람 눈보라
의지할 곳 없이
흙 한 줌 없는 돌 틈
어이 불쌍 자랐을고
가지는 부러지고
나무토막
상처 투성
멈췄으면 하는 세월
솔바람에 흘러가고
밑에를 바라보면
시퍼런 파도 소리
하늘엔 높은 구름
물새 감돌고
내 인생 내 삶도
너와 같이 외로워
세상만사

잊어불고
유유무심悠悠無心
살아보리.

낙화*

눈보라 찬 서리
기나긴 세월
드디어 하나둘
꽃피어 만발하니
모진 강풍 불어대니
꽃잎 날려 없네
슬퍼 봐도 소용없어
큰 입 벌려 웃어볼까 하네.

* 시조풍으로 써봄.

까마귀

마을에서 쫓겨난 까마귀
산에 와 운다
산열매 따먹으며
돌에 고인 물 먹으며
그럭저럭 산다
저주받고 미움받은 저 마을
다시는 안 돌아간다고
눈 감으며 운다.

꾀꼬리

구름 한 점 없는
가을하늘 같은 봄날
잡목숲 꾀꼬리 새
여기저기 옆에서 운다

우린 울다 죽는 새
잡지 말아요
가만히 들어만 보세요
"히요, 호호혹곡"
보석처럼 귀엽고
꿀같이 달큼한 소리 굴리며
우는 새.

분홍치마

분홍치마
폭 잡고 반기든
누나야
철쭉꽃 피었느냐
꾀꼬리새 되었느냐
봄에만 피지 말고
봄에만 울지 말고
겨울에도 울어라
겨울에도 피어라.

백일홍꽃 2

분홍빛
너무나 청초하여
너무나 고와서
너무나 가련해서
꺾고 싶어도
못 꺾겠네
어느 가엾은
예쁘장한 소녀
눈물 고인 얼굴
그 옛날
그 모습*.

* 우리님 태신(안해).

억새

억새야
실컷 불려라
물결처럼 불려라
늙신이 머리처럼 불려라
푸른 하늘 흰구름처럼 불려라
죽은 님 옷자락처럼 불려라.

들가 3

억새밭 들가를
걸어간다
나 혼자 걸어간다
목적 없이 걸어간다
하늘에 구름 그림자
밟으며 걸어간다
사뿐사뿐 밟는 소리 들으며 걸어간다
앞에는 산마루
멀리 바다를
바라보며 걸어간다.

꿈속에 노래

머리 검은 개가
지붕을 넘는다는데
내 혼자
깊은 밤 꿈속에
읊어진 노래를
일어나 시를 쓴다
꿈은 사라져도
내 노래는 남아
해돋이 금빛 속에
구름처럼 감돈다.

리라꽃 2

십자형 보랏빛
수많은 성좌 별꽃인가
싱그런 내음에 뒤덮인
리라꽃 나무에
나는 하늘나라 꽃
세상 아무리
예쁜 꽃도
내 앞엔
가까이 하지 마라
카츄사도 반하여 울다 떠나갔어.

백일홍 1

이름 없는 무덤가 한구석에 핀
백일홍 나무 한 자루

살았을 적엔
연분홍 물결치듯
나뭇등걸 비단처럼
미끄럽고 연했으리
고운 눈물 젖었으리
꿈꿨으리
사랑했으리.

수선화 3

꽃은 아무 데서나
피는 줄 아십니까?
매소부처럼
아무 데서나 피는 줄 아십니까?
수선화는
아무 데서나 피지 않습니다.
오직 그리운 곳
그리운 사람
그리운 계절
햇빛 쏘이는
포근한 흙에서
수선화는 핍니다.

새꽃*

제발 걷어 줘요
내 앞에 담뿍 쌓인
안개 덤불
답답해 답답해 내 가슴,
파란 하늘
푸른 뜰이 보고 싶어
벼 이파리 같은 잎새 사이
빨간 눈물 같은 자그만 꽃이
똑똑 떨어지고 나면
연록색 구슬처럼
자그만 열매
위아래로 맺어
그 예쁜 꽃은
간데온데없어
꿈 같은 삶이
꿈처럼 사라져 버린
꽃.

* 새꽃: 나룩꽃.

문주란 2

문주란은 이상하고도
재미있는 꽃이다
거룡의 혓바닥 같은
너풀너풀한 이파리
물결치듯 너울거린다
리라꽃 향기와 비슷한
가느다란 하얀 꽃잎이
끄트머리엔 자줏빛 연지
입술처럼 붙어 있다
연노란 꽃봉오리가 손 벌리듯
오물오물 돋았다가 피어난다
얼마 안 가 젖꼭지 같은 것이 붙은
참새알 만한 열매가
도랑 도랑 달린다
잠깐 동안 꽃봉오리가 맺히면
화사한 꽃이 피었다
꽃이파리는 할머니 머리같이
꼬불꼬불 시들어
자방子房만 열매를 맺는 꽃이다

한 초목에서 봉오리와 꽃 열매 시듦이
인생처럼 어린 시절 청춘 늙음을
한꺼번에 볼 수 있는 꽃이다.

찬讚 우리 땅

백번 죽는다 해도
내 혼은
내 살던 지구 땅으로
되돌아가리
이 아름답고 살기 좋은
삼라만상 속
수많은 꽃 피고 새 우는
싱그러운 자연의 경치랑
정든 곳을 두고
어디로 간단 말가
어느 극락 타계를 간다 해도
이 세상보다 더한
살기 좋고 아름다운 곳 없으리
봄 여름 가을 겨울 네 시절
숲 산 들 바다 샘 바위 시내
구름별 무지개 오로라 볼 수 있고
수많은 생물 정다운 마을
도시와 인간들 진기한 풍치
우주 어느 곳에 비할 곳이 있단 말가

우리는 죽어도 여기를 떠나지 않아
영혼아, 울지 말고 되돌아가자.

문주란 3

죽은 듯이 시들었다
움틀거리며 다시 살아나는
용 몸뚱아리처럼
이파리 꾸불꾸불 진록빛 문주란이여
하얀 실보석 너울거리는
꽃 왕관
연 노란 칼집 같은 커다란
꽃봉오리 대
조금 지나면 아까운
새알 같은 열매가
여기저기 모두락 매달린다
뾰죽 꼭지 돋은 열매
무성한 숲 같은 초목인가
백사장에 피어나는
해당화는 아니지만
폐허 속에 몇 번이고
살아나는 불사조 같은 꽃
우리 인간도 이 꽃처럼
싱싱하게 강하게 살았으면

개나리꽃

얼굴 굿고
부모 없이 울며 살다
바윗가에 떨어져
죽은 처녀 귀신
바위 위에
꽃이 되어 피었네
남이야 아무런들
나는 나대로
곱게 살아

백일홍 2

팔월이 끝날 무렵
꽃만 그리다
꽃을 님처럼 사랑한 처녀처럼
무덤가엔 꽃빛 자줏빛
신나게도 피었네
밤이면 젊은 귀신
노래 부르네
세상만사 허전해도
그렇지만 꿈은 안 죽어
꿈은 안 죽어
백일홍꽃이 너무나 예뻐
아름다워 좋아
꽃가지에 목매어
죽어간 넋이여
바람에 한들한들 흔들리는
백일홍 꽃다발
꽃구름 꽃안개 꽃얼굴.

비극

너도 죽고 나도 죽자
자 죽어도 같이 죽어요
어서 마셔요 나도
사내는 앞서 먹었지
고개를 갸우뚱하더니
여자는 먹는 체하다 안 먹고
활딱 도망쳐버린다
뻗어진 남자 옆엔
쏟아진 농약 빈 병 하나 둥굴
아무도 본 사람 없다
다만 좀 떨어진 곳에서
시방 교미 끝난 암수캐 한 쌍이
멍하니 쳐다보고 있었다.

코스모스꽃

코스모스는
파란 하늘을 좋아한다
코스모스는
홀로 외롭게 피지 않는다
수많이 모여서 핀다
코스모스는
흔들림을 좋아한다
밸리댄스하는 아가씨처럼
코스모스는
누가 씨 뿌리지 않아도
어디론가 불려와 핀다
코스모스는
이역 땅이든 아무 곳
흙만 있으면 핀다
코스모스는
접시처럼 한 곳에만
있지 않는다
불려가며 흘러가며
피는 꽃이다.

해녀

산듯한 남색 흰색 잠수옷은 옛날
바람결에 날려버리고
물귀신 같은 시커먼 고무옷에
매달려 산단다
작으만 수경水鏡은 치워버리고
남색 수건도 어디다 벗어버리고
마리아 부처님 원광 같은
수건 쓰고 바닷속 인어처럼
휘파람 불며
파도를 벗 삼아 살아간다
그들의 삶은 아무도 몰라
갈매기 물새들만이 안다.

협죽도 3

견딜 수 없는
불타는 무더위 복판
김이 풍풍 오르는 한나절
늘어지며 뻗어진 여기저기
협죽도 빨간 꽃다발
안에서 불타다
밖으로 불타오르는 꽃
어느 미쳐 버린 예술가의 초상인가
염천을 향해
뭉그러지듯 온몸 꽃으로 뒤덮인
무서운 기氣
감도는 꽃나무여
님아 저 꽃을 보니
살맛이 나지 않는가
파도처럼 휘몰아치며
피고 또 피는 꽃나무여
이 세상 꽃만 피다
죽으라는 상팔자여.

페추니아꽃 1

비 내리는 길 가
바람 부는 길모퉁이
조금만 건드려도
찢어질 것 같은 꽃
가냘픈 설렘이는
분홍빛 꽃다발
그 누가 이름 썼으면
기다려도 돌아보는 이 없는
이슬 같은 고음 간직하고
시들어 간단 말가

백일홍 3

푸른 하늘
하얀 구름
돋보이는 가냘픈 분홍빛갈
군락群落의 꽃밭처럼
너무나 예뻐
들새도 떠날 줄 몰라 울고 있네
백일을 피어야만 흐느끼며 떨어진다는
백일홍
보면 볼수록
그리운 한 가슴에 닿는
늦여름 꽃이여
순하고 청초한 수줍은 꽃이여
복숭아 벚꽃 리라꽃 목련
진달래 철쭉 핀 모습이
그림자도 없이 사라져버린 지금
한 가지 남은 꽃나무라곤
너 하나 백일홍뿐
잃어버린 보석처럼
눈앞에 되돌아와 피어난

요정 같은 꽃이여
원숭이도 웅크린다는
나뭇가지 꽃마저 웅크릴 듯
가냘프구나 밍그럽구나
백일홍 보슬보슬 꽃잎마다
달밤에 흐느끼는 여인 같구나.

들꽃

들꽃은 언제나 슬프다
눈물은 이슬이 되어
그들이 우는 소리
아무도 몰라
그 누구 쳐다보는 사람
찾아오는 이 없이
그저 스스로 자라나
그저 스스로 사라지는 것
들꽃은 언제나 서러워라.

제라늄꽃 1

한에 멍든 가슴에
내리다 엉키고 엉켜
발개진 붉고 붉은
피 같은 꽃이여

내 몸에 지울 수 없는
굴욕의 내음새

나를 지옥에 보낸다 해도
꽃만은 피우리다 피우리다
불꽃에 불나비처럼
죽으리다 새빨갛게……

벚꽃 3

꽃구름
꽃물결
꽃무덤
이 세상 모든 것 꽃뿐이야
가지도 없고
안 보여라
동그란 산더미
꽃 꽃 꽃잎
눈이 부시네
꽃만 보이는 세상
모든 거 다 잊어버려
극락 낙원이 이런 곳인가
선녀라도 나올 것 같다

노을이 사라지고
달빛 흘러온다면
죽은 님들
얼굴도 보일 것 같다

한 잎 두 잎
떨어지는 꽃잎
세상 떠난 님들
눈물인가 봐
오, 아름다운 세상
슬픈 세상.

무인도

망망 바다 가운데
자그만 섬 하나

물에 죽은 넋들이 모여
흐느끼는 섬인가

파도는 섬 둘레를
삼킬 듯이 부셔대고
가끔 몇 마리 물새들만 날뿐
누구 하나 돌아보지 않은 섬
어쩐지 언젠가는
가라앉을 것만 같은 섬.

비명碑銘

내 영원히 잠들었지만
내 살던 이승 고향산천
사랑하던 정든 님들
영원히 잊지 않아
내 영혼 불사조되어
님들 사는 곳을
가끔 돌아다보리……

백일홍 4

핑크색 백일홍 꽃나무
내 무덤가에 심어줘

미끄러운 나뭇가지
보석 모인 것 같은
너무나 화사한 꽃빛
이 세상 필 꽃 아니
천상 못 간 원혼
꽃 보며 슬픔 달래리.

돔박새 1

돔박새 작은 눈 사이엔
언제나 동그란 눈물이 고여
배고플 때마다 하얀 눈가에
눈물이 돈다
비가 와야 동백꽃에
단물 고이는데
하늘은 볕 쌩쌩
우리 새 배고파 운다.

페츄니아꽃 2

거리에 헤매는
철새 같은 여자
뺨 맞어 새파랗게
늘어진 얼굴처럼
화분에 가두어진 페츄니아꽃
그다지 바라보는 이도
많지 않은 가엾은 꽃
그저 그리 필 뿐
꽃이파리 바람에
찢기지나 않을까 가냘픈 꽃

들국화 2

버리고 가버린
갓난애 입술 같은
연노란 자그마한 꽃
담 밑 구석에 피어
엄마젖 그리워
엄마 엄마
우는 꽃.

죽은 연인들

희미한 달빛 어린 숲 깊은 밤
반라의 남자가 걸어간다
그 뒤를 머리 푼 흰옷 입은
여인이 뒤따라 걸어간다
그들은 아무 말도 없다
다만 흐느끼는 소리만
아득히 들려온다
어디에선지 밤 뻐꾸기 운다
그들은 젊어서 맺지 못한 연인들
그들은 동이 밝아오니
숲속으로 사라져버렸다.

철쭉꽃 3

봄이 오면
여기저기 붉게 붉게
울부짖으며 불타는 꽃
얼굴 예쁘고 늘씬해도
모든 것 이루지 못하고
가슴 불만 타다
미쳐 죽은 처녀귀신 넋
붉게 붉게 남는 꽃
울다 웃다
잠드는 꽃
아무리 곱다 해도
시들면 버려지는 꽃
차라리 이왕이면
피지를 말 것을
그렇다고 안 피고선
못 견디는 꽃
피고 지고
살고 죽고
이것이 다 세상 삶.

수국

모든 것이 다 푸르러 버린
녹색의 숲속에
유럽 어디쯤 파란 눈의
어린 소녀 눈물처럼 피었네
아 울지는 말고
필 대로 피어봐
코발트블루……

페츄니아꽃 3

페츄니아 페츄니아
너는 어이해
이 시골 덤벙
거리에 피었니
건들지 않아도
찢겨질 것 같은
너무나 가냘픈 꽃이파리
빨강 하얀 보랏빛 분홍 피워
파문 일며 흘러가는 삶
좀 센 비바람이 불어오면
안개처럼 울며 가만가만
죽어가는 꽃이여
그 누가 넘어갔나
들꽃 핀 길
굽이굽이 굽으려
한없는 길
길 가던 사람 사람
생사를 등에 업고
간 곳 없어라.

무제

눈 덮인 오름 위엔
누가 살지
가시덤불 한구석
비도 없는 무연 고총
까마귀떼 울고 있네
함박눈만
억새꽃 스치며
날리네.

총 총

인간이 만들어 놓은 기계
나는 총이랍니다
나를 얄밉고 지독하고
참혹하다지만
나는 정직합니다
나는 솔직합니다
분수도 없거니와
난 아무것도 모릅니다
그저 명령에 살고 명령에 죽습니다
나가기만 하고 뒤돌아오지는 않습니다
건드리면 아주 직통으로 나갑니다
나는 인정사정없습니다
나에겐 슬픔도 눈물도 웃음도 없습니다
나 이름은 총입니다
아무 죄도 없습니다.

사라진 피리

억새밭에 피리소리
그 누가 불고 있을까
찾아가 보니
눈먼 어린 사내애가 불고 있었지
언제나 피리 부는 소리
간간이 들려왔지
하루는 들불이 나서 갈대는
온통 타버렸대
피리 불던 그도 타버렸대
재만 남고 피리도 타버려
재와 함께 바람에 멀리 날려버렸지
그 후 가끔 깊은 밤엔
피리소리가 흐느끼듯 들려왔대.

겨울 풍경

제주도에도
눈이 내립니다
겨울은 겨울이라
때가 되면 찾아옵니다
여기저기 억새가 불립니다
길 가던 사람도
담 밑에 웅크려
눈 내림을 쳐다봅니다
나무숲엔 가지마다 눈꽃이
소 말들도 풀도 안 뜯고
그저 눈만 맞고 있습니다
오름들도 눈에 가려
잘 안 보입니다
눈이 점점 깊게
쌓여 갑니다.

억새꽃 2

억새꽃은 색깔 없는 꽃
꽃이라기보다는 시드러진 풀 끝
죽어서 저승 갈 때 입자는
하얀 소복처럼
이승에서 볼 수 있는 단 하나의
저승꽃
들가에 동산 위에 모여서
희미하게 보이는 혼백 군상
바람이 없어도 소리 없이
울고 있는 억새밭.

원추리꽃 1

기린 목처럼 기다란 줄기 위에
곱도 밉도 않은 담담한 진노랑빛 꽃
너울거리는 풀이파리
몸에 두르고
그 옛날 논시둑 걸어가던
말씨 없는 키 큰 계집애
앞만 쳐다보며 웃기만 하던 모습이여
언제나 원추리꽃 손에 들고 걷던 그 애
지금은 어데 갔는지
살고 있는지
안개처럼 사라져 간
옛날 원추리꽃이여

돔박새 2

돔박새 돔박생이
작으만 비췻빛 몸매에
눈가엔 언제나
하얀 눈물이 고이고
이 꽃 저 꽃 날아다니며
꽃물 빨아먹으며 산다
돔박새는
고향 사람 아니면
울질 않는다
돔박새는 철새처럼
돌아다니며 사는 새가 아니다
한 곳에서 살다 죽는 새이다.

흰 목련꽃

따스한 봄비 내려
백목련꽃 하얗게 피었네
그 모습 그 꽃빛갈
산마루 쌓인 눈빛 같구나
하늘 높이 흘러가는 구름 같구나
그 옛날 서방 죽어 뒤따라 죽은
여인의 수의 같구나
절벽에 부딪히며 쏟아지는
파도 같구나
사람 살려달라 애원하던
병사의 손에 든
백기 같구나
호숫가에 빠져 죽은
젊은 여자 하얀 얼굴 같구나
하늘 날다 힘없이 떨어지는
백로 같구나
눈빛 아롱아롱 사랑하는
아줌마의 살결 같구나.

살다 가네

달처럼 살다 가네
구름처럼 살다 가네
무지개처럼 살다 가네
물결처럼 살다 가네
꽃처럼 살다 가네
바람처럼 살다 가네
꿈처럼 살다 가네
빈 털털 살다 가네.

리라꽃 3

작은 벌새처럼
가지에 매달려
꽃다발 얼굴 대어
마음 끝 내음 들이마신다
십자형 모드락
작으만 보랏빛 꽃망울
보면 볼수록
아깝고 정다운 꽃
단물 나오면
빨고 싶은 꽃
샛바람 불기를
얼마나 기다렸던고
기다란 겨울 속에 오늘을

리라꽃 4

내 상처받은 몸
이 꽃내음으로
지울 수 있다면
한 어린 창녀
꽃가지 가슴에 대고
울고 있었지
리라꽃은
봄비 안개 속에
아름드리 곱게 피어
향기 샛바람에
불리고 있네.

벚꽃나무

연분홍빛 설레이는
잔잔한 호수
봄비에 젖어
만발한 벚꽃
나무 꽃구름 위에
달빛 내려라
빗물 방울
별처럼 빛나리
천국이여
극락이여
저런 모습인가.

제라늄꽃 2

돈에 팔리는 내 몸댕이
원치 않은 거짓 사랑
썩어버린 야릇한 냄새
그래도 아직도 젊은 고운 빛
눈부심 남아
야수 같은 사내들에 헐뜯긴
내 육체란 보지 말고
내 곱다란 얼굴만
가만히 바라보시라고……

말구슬나무*

너희들 여기 있구나
꽃도 지고 봄도 다 가버린……
물결 같은 푸른 그늘 사이
보랏빛 자그만 꽃다발
항간엔 나쁜 냄새 가득한데
사방 풍기는 싱그러운
아무리 맡아도 싫증 안 나는
어쩌면 젊은 여자 풍기는
달큼 야릇한 내음 같아라
가을이 오면 진노란 작은 열매
도랑 도랑 나무 가득히
노는 어린애도 따먹고
새들도 같이 따먹고.

* 말구슬나무: 고련목.

172

그 옛날

옛날이 좋았지
정말 옛날이 좋았지
보리밥에 물고치
된장에 찍어 먹던
그때가 좋았지
고기 한 점 달걀 한 개 그립던 그때가
보잘것없는 음식도 좋았지
서로 나누어 먹었지
둘러앉으면
정다운 말 오고 갔지
샘물이 흐르고
바다 가까이
물질 소리 들려도
그 님들 다신 안 보여
옛날이 생각나면 눈물이 나.

Saxophone

누르며 입김 불어대면
원시의 동굴 같은 S자
꾸부러진 구멍으로
구슬픈 소리
너가 울면 나도 운다
어쩌면 너의 소리엔
한 많은 세상을
하직하는 여인의 울음소리
간지럽게 요부의 눈웃음치는
소리와도 같고
한 세상 북만 치다 죽은
한 악사의 북소리 같고
김 나는 감자 손에 들고
부르는 엄마 소리처럼
노을 진 풀밭 달리는 머나먼 나라
목동의 피리 소리와도 같고
사랑에 미쳐버린 남녀의 신음소리
영영 돌아오지 않을
님을 부르는 산울림처럼

예전에 님 잃은 나
홀로 색소폰 너를 껴안고
살아왔다 살아가련다……

원추리꽃 2

높다란 빌딩
베란다에 핀 원추리꽃
내 자라난 곳 돌려다오
벼꽃 필 무렵
가느다란 논시둑 사이
원추리꽃 몇 포기씩 피어
치잣빛 가냘픈
빛깔에 물들여 있었지
거기엔 작으만 뱀 새끼
잠이 들고 동남방 바닷바람
파도소리 몰고 왔지
오월 장마철 가느다란 비가 내리고
잿빛 안개 자욱
가라앉은 논밭
개울물이 여기저기
흐르는 곳이었다
이제는 논밭도 사라져
시멘트 집이
논시둑 온데간데없어

싸늘한 포장된 길만이
굽이굽이 뻗어졌어라
내 살던 곳 돌려줘
그 누구 들어주는 이 없고
공염불 아무것도 없어.

죽고 싶건

— 오일시장五日市場

세상 싫어
죽고 싶은 인간이란
장터로 가세
시장을 돌아보면
죽을 생각 사라져
저도 모르게 웃어지는 곳
장판에선
부끄럼 하나 없어
돈이 되는 건 다 가지고 가 판다
굼벵이 닭 돼지새끼 개발 민간약 빗자루
강아지 고양이 새끼 지렁이 짚신 약초
헤아릴 수 없이
옛것 새 신시 것 물건이 만화경 백화물
싸구려 싸구려 물건이 부서질 듯
때리며 파는 사람
눈 발개지며 목멘 상인
물건과 대화하는 곳
호떡 입에 물고, 빈대떡 탁배기
정장한 신사숙녀 남녀노소

널려진 빤쓰 부라자
낯 모른 사람끼리 부딪쳐도
인상 안 쓰는 길목 아닌 길목
테이프 파는 가게서 케케묵은
옛노래가 흘러온다
시간 가는 줄 해가 가는 줄 모르는 곳 시장이다.
산더미 물건만 보다 보면
안 사도 좋다 재미가 있어 정신이 없다
돈이 판을 친다
돈 돈 돈 물건 물건 물건 값 값 값
와요 돼요 사시오 사시오 삽세 삽서
사든지 말든지
사람 얼굴 뻔데가리 옷 입은
둘러보는 것도 즐거운 일
여기서 죽고 싶은 사람이란
여기서 뒤도 돌아보지 말고
단작 빨랑빨랑
높은 데나 물이나 아무 데나 가서
신나게 죽어봐라.

문주란 4

너풀너풀
파도 같은 이파리
어린애 손목 같은 꽃봉오리 돋아나온다
커다란 동그라미
해맑은 줄기줄기 꽃송이
소복 입은 여인들 노래하며
동그라미 춤을 춘다
온몸에서 향기 뿌리고 감추고
한쪽에는 꽃망울 꽃잎 시들어
할미 머리처럼 시들시들
늘어진 모습
어느새 한 꽃
비둘기알 같은 동그란 열매
둥글둥글 달린 줄기
문주란 연
삶이 한세상
연 따라 이루는 꽃
사계절이
한꺼번에 보이는

희귀한 화초여
나서 자라서
꽃 피어 열매 맺고
죽어가는
한 생명의 파노라마……
슬픈 이야기 문주란이여.

여름

불볕 좋다
나에게 쏘아라
더우면 더울수록
막 피어 제치는
더위 모르는 꽃
협죽도

등어리에 줄줄
땀 흘리는 한낮
날아가던 나비도
더위에 지쳐
넓은 이파리
플라타너스 나무 아래
쉬고 있는걸

길 가는 님들도
힘없이
김빠진 맥주처럼 걸어가는
한여름 풍경이여.

모니카* 퇴원하는 날

살아난다는 것이 이다지도 기쁠 줄은
나는 몰랐어
지금까지 생명이 귀한 것을
하느님이 주님이
거룩하고 엄하고 따스함을
자비와 은혜 가호를
지금처럼 느껴봄은 처음이다

담당 의사님 나이 어린 천사들처럼
갖은 간호와 정성과
빙그러운 얼굴을 보여준
죽음에서 살아나온 아내의 얼굴

새 사람같이 더욱 정답고 사랑스러워
기쁨이 한이 없다.
가자 가자 집으로 집으로.

* 저자(고성진) 아내의 세례명

안갯속 2

안개 덮인 숲속엔
누가 산다니

이파리에 가린 가지
자그만 새들
옛말들 속삭이며
잠자리 펴놓고
꿈을 꾼다네

세상이 아무렇든
우리 알 게 무어냐
그저 우린 우리대로
사는 거야……

설피섬

설피섬아 설피섬아
잡힐 듯이 잡힐 듯이
가까운 섬아
어떵사 잘 생견디
곱달한 그 맵시
엄동설한
대놀 절 지칠 때도
저 섬만 보면
마음 늠삭하여진다
이젠 설피하레
안 가도 살아 지키어.

우감愚感

너 누구 보이려고
들꽃아 피었느냐

새야 새야
너 누구 들으라고
목이 메이게 울고 있니

바보 같은 시인아
너는 누구에게 읊으려고
시를 쓰느냐

귀신같이 희맑은 예쁜 계집애야
너는 누구 보라고
그리도 곱게 자랐단 말인가

칠색 단장 무지개야
너 누구 보이려고 하는가
외로이 다리 뻗어 서 있느냐

쪼개졌다 둥그렇다
영롱한 신비론 달빛이여
너 누구 보이려고 일 년 열두 달
빈 빈 하늘 속을 헤매 도느냐

바람아 너 누구 보이려고
정체도 없이 소리만 남기고
불려 다니냐.

솔동산 어디인지 가 봤습니까

설피섬 볼목 앞코지가
빤히 바다가 내다보이는 높다란 동산
솔동산아

옛날 70여 년 엄마의 손에 끌려
이곳을 찾아온 적엔
소나무들이 여기저기 자라 있었지
그 가운데 집만 한 커다란
바위 왕석 거북돌이 솟아 있었지

가끔 눈먼 늙으신 무녀의 굿에 맞춰
빙빙 춤을 추고 있었지
우리 산북에서 살 곳 찾아 다다른 곳
일곱 가족은 크지도 않은
초가에서 살았지
왜정 때 성급한 면장이 시방 곧 동산을 파
던지려고 했지만 이루지 못하고
세상을 떠났지

그 후 4 · 3난엔 노목에 빨치산 대가리가
두세 개씩 박처럼 달려
무서운 때도 있었지

이제는 변두리가 되어 버렸지만
한때는 번화 본정통 거리가 된 시절도 있었지
도시 거리가 저 위쪽으로 가버렸지만
솔동산이란 이름은
언제까지나 남아 있다.

벚꽃 4

한 아름 담뿍
봄빛 맞은 벚나무
연한 살빛
수천백만 넘친 얼굴
방긋 아롱 빙그레
웃고 있네요
가지마다 매달린
젊은 예쁘랑
여기가 극락인가 낙원인가.

들가

억새밭 들가를
걸어간다
나 혼자 걸어간다
하늘에 구름 그림자
밟으며 걸어간다
사뿐사뿐 밟는 소리
들으며 걸어간다
앞에는 산마루
멀리 바다를
바라보며 걸어간다

역사란 흘러가는 바람이나 냇물 그리고 구름결과 같다. 우리가 그것을 붙들고 기록하거나 복원하지 않으면 그냥 세월 속에 흘려보내는 것이나 다름없다. 〈제주 4·3평화 공원〉과 〈서진노성〉 터를 둘러볼 때마다 하나의 공통이 있다. 지금 이 시대의 우리가 아니라 우리보다 더 눈 밝은 후손들에 의해 '4·3백비'에 정명이 새겨지고, 서진노성 터가 복원되기를 바라는 소망이 담겨있는 것이다.

〈일제강점기〉에서부터 〈4·3〉〈6·25〉를 전후한 시기까지 한 예술인이자 이곳 토박이의 눈으로 바라본 서귀포의 풍경은 서귀포 문화예술의 귀중한 자산이다. 이번에 발간위원들이 뜻을 모아 서귀포예총에 의해 반세기 만에 이 책을 펴는 취지도 여기에 있다.

발간위원장 윤봉택

발간위원 강방영·강중훈·고영우·오승철·이원창·한기팔 일동

붉홍 장미꽃
Seung chin Ko.
80. 5. 24

0.7. 7. 24.
S.K

9.8.

황금알 시인선